LA
MYTHOLOGIE DES JAPONAIS

D'APRÈS LE

KOKŬ-SI-RYAKŬ

OU

ABRÉGÉ DES HISTORIENS DU JAPON

Traduite pour la première fois sur le texte japonais

PAR

ÉMILE BURNOUF

Élève de l'École spéciale des Langues Orientales vivantes

PARIS

CHEZ MAISONNEUVE ET Cⁱᵉ, LIBRAIRES-ÉDITEURS

15, QUAI VOLTAIRE.

1875

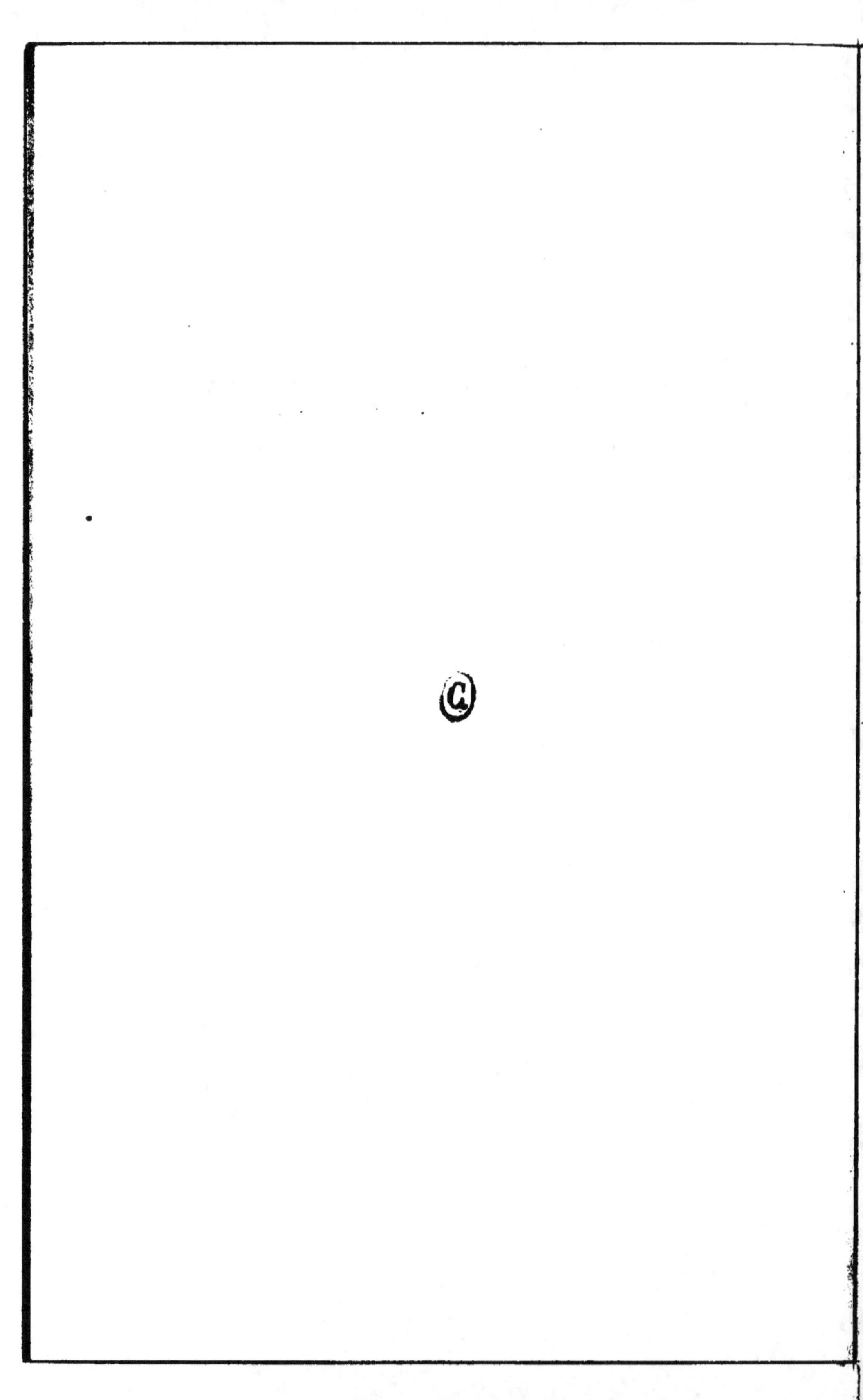

PRÉFACE

Une erreur, qui a déjà fait assez de progrès pour mériter
d'être signalée, tend à confondre la religion primitive du
Japon avec certaine mythologie de date relativement ré-
cente, toute symbolique, d'origine étrangère, et dont les
dieux ne sont l'objet d'aucun culte, soit public, soit privé.
On a voulu présenter, comme des divinités de la religion nationale, les sept béatitudes terrestres, patrons, génies ou
dieux lares, qui ne sont que de purs emblèmes matériels, des
objets d'art et d'ornementation.

Ces prétendues divinités n'ont en rien le caractère élevé
des dieux du *Sintoïsme*. Ten-syau-dai-zin, née immédiate-
ment après la génération des dieux qui ont précédé la création, est la personnification du Soleil; elle est la grande
Déesse, la Déesse du Soleil, du Feu, de la Lumière. Elle est
la plus haute conception monothéiste des anciens insulaires
de l'extrême Orient, pour lesquels tous les autres dieux ou
Kami lui sont postérieurs en date et inférieurs en puissance.
Ten-syau-dai-zin avait ses mystères dont les profanes étaient
exclus, un culte et des rites universellement pratiqués. C'est
d'elle surtout que les mikado se font gloire de descendre, c'est
elle que les sectateurs du *Kami-no miți* vénèrent par-dessus

tous les autres dieux de l'Olympe japonais, c'est elle enfin qui compte encore de nos jours les temples les plus nombreux et les plus considérables de l'ancienne religion nationale.

Buddha et Confucius lui-même n'ont eu des sectateurs au Japon qu'à une époque où le Kami-no miti était depuis longtemps la seule religion connue. Le buddhisme n'y fut introduit qu'à la seconde moitié du vi° siècle de notre ère, et l'apparition de la doctrine de Confucius ne remonte pas plus haut que l'an 285 de Jésus-Christ ; tandis que nous savons, par l'histoire écrite, que, lors de la conquête des Iles par Zin-mu (660 av. J. C.), leurs habitants pratiquaient une religion que le conquérant dut adopter, au moins en partie, pour se concilier l'esprit des premiers occupants et pour rendre plus facile la fusion des vainqueurs et des vaincus. Aussi le chef étranger ne tarda pas à être regardé comme le descendant de Ten-syau-dai-zin et des autres dieux nationaux.

C'est ce que nous lisons dans toutes les histoires du Japon, notamment dans le *Kokŭ-si-ryakŭ,* dont nous présentons la traduction de la partie mythologique. Cet ouvrage a été écrit par Iwa Gaki, la 9° année du *nen-gau* Bun-sei (1827), sous le règne de l'empereur Zin-kò-ten-au. Il passe pour être moins aride que les *Annales des Empereurs du Japon,* traduites par Titsingh et revues par Klaproth, et pour jouir d'une grande popularité.

Emile BURNOUF.

LA

MYTHOLOGIE DES JAPONAIS

LIVRE I

—

GÉNÉRATIONS DIVINES

I. — KUNI-TOKO-TATI-NO-MIKOTO

COMMENTAIRE : *Mikoto* est le titre que les anciens donnaient aux souverains.

A l'époque où le ciel et la terre n'étaient pas encore séparés, alors que le principe femelle n'était pas encore distinct du principe mâle, tout était mêlé dans le chaos, qui, sous la forme d'un œuf, contenait les germes de toutes choses ; les éléments purs et légers se réunirent et formèrent le ciel, tandis que la matière lourde et opaque, s'étant précipitée, donna naissance à la terre. Un *kami* ou dieu naquit au milieu : il porte le nom de *Kuni-toko-tati-no-mikoto*, ou l'honorable toujours debout du royaume. Il s'appelle aussi *Ama-no-mi-naka-nusi-no-mikoto*, ou l'honorable seigneur du respectable milieu du ciel, génie céleste qui a commencé la création.

Kuni-sa-tuti-no-mikoto, l'honorable de l'étroite terre du royaume, et *Toyo-kun-nu-no-mikoto*, l'honorable de l'écluse où l'on puise avec un vase, sont (avec Kuni-toko) les trois *mikoto* qui sont nés sans avoir été engendrés.

Huit kami se sont successivement engendrés les uns des autres. Ce sont : le génie mâle *U-hiti-ni-no-mikoto*, l'honorable qui cuit la terre argileuse ; et le génie femelle *Su-hiti-ni-no-mikoto*, l'honorable qui cuit la terre sablonneuse ; le génie mâle *Oho-to-ti-no-mikoto*, l'honorable de la voie de la grande porte ; et le génie femelle *Oho toma-be-no-mikoto*, l'honorable du bord de la grande natte ; le génie mâle *Omo-taru-no-mikoto*, l'honorable à face pleine ; et le génie femelle *Kasiko-ne-no-mikoto*, l'honorable de l'origine de la crainte ; le génie mâle *I-zana-gi-no-mikoto*, l'honorable qui a trop accordé, et le génie femelle *I-zana-mi-no-mikoto*, l'honorable qui a trop demandé. On appelle ces dieux, dieux couples.

Les deux *mikoto* I-zana-gi et I-zana-mi, se trouvant en présence l'un de l'autre sur l'Ama-no-uki-hasi, ou pont flottant du ciel, prirent en main la pique céleste de jade rouge et l'enfoncèrent dans la profonde mer. Quelques gouttes tombées de la pique se solidifièrent aussitôt et formèrent une île qui prit le nom d'Ono-ko-ro-sima, île formée spontanément. Les deux génies y descendirent et l'habitèrent.

Commentaire : D'après certains auteurs, ils auraient aperçu un petit oiseau appelé *seki-rei*, qui serait venu se poser auprès d'eux en remuant la queue et la tête, et ils auraient à cette vue conçu, pour la première fois, l'idée de l'union des deux sexes.

Dans la suite, ils engendrèrent le sol du royaume, les montagnes, les rivières, les plantes, les dieux et l'humanité.

Commentaire : On assure que de ces deux *mikoto* naquit *Hiru-ko*, la Sangsue. A l'âge de trois ans, il ne pouvait pas encore se tenir sur ses jambes : on l'envoya à la mer, par un vent favorable, sur la barque Ama-no-iwa-ku-su, ou barque céleste faite d'un tronc de camphrier.

Les générations des génies célestes qui se succédèrent les unes aux autres sont au nombre de sept.

Commentaire : Car chez nous on appelle *dai* 代 génération, la durée d'un règne. C'est ce que l'on entendra par ce mot 代 dans cet ouvrage.

II. — TEN-SYAU-DAI-ZIN.

Ten-syau-dai-zin, la grande déesse qui brille au ciel, autrement nommée *Oho-hiru-me-no-muṭi*, la noble intelligence du grand soleil, est la fille aînée d'I-zana-gi-no-mikoto. Elle habita Taka-maga-bara, la plaine du ciel élevé. Son frère cadet *So-sa-no-o-no-mikoto*, l'honorable à la voix violente et pure, avait une barbe huit fois longue comme la largeur de la main. Avec sa force et ses emportements, il commit toutes sortes de dégâts. Ainsi, il urina dans le palais destiné à la cérémonie du Nii-name (1). Dai-zin étant occupée à tisser un vêtement céleste, il se mit à dépouiller Ama-no-muṭi-Koma, le cheval bigarré du ciel, et à le lancer au milieu de la maison.

Dai-zin, effrayée, entra dans la grotte céleste Ama-no-iwa et en ferma la porte. Alors, on ne put plus distinguer le jour de la nuit. Tous les dieux s'assemblèrent près de la rivière Ama-no-yasu (2) pour se consulter. On réunit les oiseaux chanteurs ; on déracina dans la montagne de Kaku (3) les cinq cents arbres appelés ma-saka ; on suspendit le miroir fait

---

(1) Sacrifice d'automne où l'on offre les prémices aux mânes des ancêtres, appelé plus loin sin-zyau.

(2) Rivière de la tranquillité céleste.

(3) Montagne des parfums.

de jade rouge et les *nigite* (1) blancs et bleus; on alluma du feu, on fit de la musique, et Ama-no-usu-me-no-mikoto (2) entoura sa lance d'herbes et se fit un *tasuki* avec du lierre.

COMMENTAIRE : Le tasuki est une cordelette. On lit dans le *Ta-ping-yu-lan* qu'en Chine on l'appelle wen-kieh-tai, ceinture que l'on fixe avec un nœud. On met une ceinture de taffetas qui fait le tour de la poitrine et qui se croise devant et derrière ; c'est ce qu'on appelle *tasuki*. Le tasuki dont il s'agit ici est fait d'une branche de lierre, *tuta*. C'est probablement la plante que nous appelons aujourd'hui *hi-kage-ka-dura*, ou plante grimpante qui protége du soleil. Je crois que c'est pour cette raison que les magistrats, dans les sacrifices où l'on goûte les prémices, attachent au haut de leur bonnet une branche de *hi-kage-kadura*.

Les dieux firent de la musique devant l'antre, se mirent à folâtrer et se livrèrent à une bruyante joie. Dai-zin entr'ouvrit la porte de l'antre pour les regarder à la dérobée. Le dieu Ta-ti-kara-o-no-mikoto se baissa, la saisit fortement par la main et la fit sortir.

On exila So-sa-no-o-no-mikoto dans la province de l'Idumo.

---

(1) Bandes de papier placées dans les temples.
(2) C'est un génie, un ancêtre de Saru-me-no-mikoto (COMM.).

Commentaire : Tous les dieux lui enjoignirent de s'arracher les cheveux en expiation de ses fautes.

Il s'en alla sur les bords du Hi-no-gawa (1), rivière de la province de l'Idumo. Il y entendit des voix qui gémissaient et se lamentaient, et aperçut un vieillard et une vieille femme entourant de leurs bras une jeune fille et pleurant.

Commentaire : Le vieillard s'appelait Asi-natu-ti (2); la vieille femme, Te-natu-ti (3), et leur fille, Ina-da-hime (4).

Voici ce qu'il apprit d'eux. Il y avait dans la province, à ce qu'ils dirent, un monstrueux serpent à huit têtes et à huit queues ; chaque année, il dévorait une personne ; déjà, de leurs huit filles, sept avaient été mangées ; la seule qui leur restait allait être la proie du monstre, et voilà pourquoi ils pleuraient.

Le dieu leur dit : « Donnez-moi votre fille, et je me fais fort d'éloigner de vous ce malheur. » Le vieillard et sa femme y consentirent avec joie. Le dieu se substitua à la jeune fille ; il construisit une espèce d'échafaud à huit entrées, dans lesquelles il plaça huit vases remplis de sake (vin de riz). Puis il s'assit au-dessus, et attendit.

---

(1) Rivière des vanneurs.
(2) Lait qui nettoie les pieds.
(3) Lait qui nettoie les mains.
(4) Princesse du champ de riz.

Le serpent arrive, boit tout le vin, s'enivre et s'endort. Alors le dieu tire son sabre, décapite le monstre et le coupe en petits morceaux. La queue avait un peu ébréché son sabre : il l'examina et aperçut dans l'intérieur un autre sabre précieux, dont il fit présent à la grande déesse, à Taka-maga-bara (1).

Comme l'air qui entourait le serpent dans sa marche était toujours couvert d'un brouillard, on donna au sabre le nom d'Ama-no-mura-kumo-no-turugi, sabre aux nuages amoncelés du ciel.

Commentaire : Dans la suite, Yamato-ta-ke-no-mikoto lui donna le nom de *Kusa-nagi*, faucheur des plantes.

Enfin, So-sa-no épousa la jeune fille et bâtit une maison à *Suga*, dans la province de l'Idumo.

Voici une pièce de vers qu'il composa dans cette circonstance :

« *Ya kumo tatŭ*
« *Idumo ya ye gaki*
« *Tuma go me ni*
« *Ya ye gaki tukuru*
« *Sono ya ye gakiwo.*

« Semblables à huit nuages (qui s'accumulent à la voûte « céleste), les murailles octuples d'Idumo, pour établir (le « gynécée de) ma femme, « je les ai faites octuples, les « octuples murailles (2). »

---

(1) Nom de la résidence de Ten-syau-dai-zin.

(2) Traduction de M. Léon de Rosny (voir *Anthologie japonaise*, introduct., p. 10, note 2). C'est le plus ancien *uta* connu.

Et, en effet, il y demeura longtemps.

Commentaire : Il y a aujourd'hui, dans la province de l'Idumo, un grand temple dédié à ce dieu.

III. — OHO-ANA-MUTI-NO-MIKOTO.

Commentaire : Il s'appelle aussi Oho-kuni-no-nusi, le seigneur du grand royaume. Il est fils de So-sa-no-o-no-mikoto. Mais les historiens ne sont pas d'accord à ce sujet : les uns en font son descendant à la cinquième génération, les autres à la sixième, et d'autres à la septième.

SUKUNA-HIKO-NA-NO-MIKOTO.

Oho-ana-mu-ti-no-mikoto gouvernait son pays, aidé de Sukuna-hiko-na-no-mikoto. Il aima son peuple, chassa le malheur, guérit les malades, trouva la science des remèdes et l'art de guérir au moyen des charmes magiques. Le peuple alors commença à posséder le bien-être.

Commentaire : Il est aujourd'hui le dieu du temple nommé Ten-si, dans la rue Go-dzyo, à Kyoto.

À l'époque des rois de race humaine, on assimila Dai-zin au soleil, et on l'appela la déesse du soleil. *Masa-ya-a-katu-haya-hi-ama-no-osi-ho-mi-no-mikoto,* fils de So-sa-no-o-no-mikoto, fut adopté par Dai-zin.

Ama-no-hi-hoho-no-ni-ni-gi-no-mikoto était fils d'A-ma-no-osi-ho-mikoto.

A cette époque, *Taka-musu-bi-no-mikoto* (1), députa *Take-mika-duti-no-mikoto* (2) et *Futu-nusi-no-mikoto* (3), pour dépouiller Oho-ana-muti de sa province de l'Idumo, au profit de Ni-ni-gi. Koto-siro-nusi-no-mikoto, fils d'Oho-ana, conseilla à son père d'abdiquer en leur faveur et de leur céder la province (4).

Dai-zin offrit à Ni-ni-gi le miroir Ya-ta-no-kaga-mi, ou miroir de 8 pouces, en lui disant : « Quand tu t'y regarderas, tu auras la même pensée que moi. » Elle y ajouta le sabre So'u-mura-kumo-no-turugi, ou sabre des nuages épais, et le Ya-saka-ni-no-magatama, ou magatama (5) du jade rouge des huit chemins escarpés.

Le descendant céleste, Ni-ni-gi, accompagné d'Amatu-koya-ne-no-mikoto, d'Isi-kori-hime-no-mikoto et de tous les autres kami, descendit sur la terre et arriva à Taka-ti-o-no-dake, montagne de la

---

(1) Père de Taku-wata-hime, la femme d'Osi-o-mi-no-mikoto (Сомм.).

(2) Dieu qui a un temple à *Kasima*, dans la province de Hi-tati.

(3) Dieu de la province de Simosa, où il est placé dans un temple sous le nom de Ka-tori-no-kami (Сомм.).

(4) Koto-siro alla finir ses jours à Miko-no-saki, où il se livra au plaisir de la pêche (Сомм.).

(5) Magatama, nom de certaines pierres précieuses de la plus haute antiquité. (Voy. le *Compte-rendu du 1ᵉʳ Congrès intern. des Orientalistes*, t. I.)

province de Hiuga. Il y fut reçu par Saru-da-hiko-no-mikoto, dieu de Nakatu-kuni, royaume du Milieu. Après avoir, avec l'aide de Take-mika-ḍuti, de Futu-nusi et de Saru-da-hiko, battu, chassé ou détruit tous les mauvais génies, il pacifia le royaume de Toyo-asi-wara-no-nakaṭu-guni (1), royaume du milieu des landes aux nombreux roseaux, puis il mourut.

Hiko-ho-ho-de-mi-no-mikoto était le troisième fils de Ni-ni-gi-no-mikoto. Il eut pour femme Toyo-tama-hime, fille d'un dieu de la mer, et pour fils Fuki-awa-sezu-no-mikoto. Il posséda les miṭi-hi-futaṭu-no-tama, ou les deux perles du flux et du reflux. Il donna à son peuple la paix et la prospérité.

Il jouissait du produit des montagnes, et son frère aîné, Ho-no-susori-no-mikoto, de celui des mers.

Les deux frères se dirent l'un à l'autre qu'il valait mieux changer cet état de choses. Le chasseur céda son arc et ses flèches, et le pêcheur, son hameçon. Susori s'en alla chasser dans les montagnes, mais ne put rien prendre. Il rendit donc l'arc et les flèches à son frère. Or celui-ci avait perdu l'hameçon dans la mer ; il en fit un autre pour le rendre à la place du premier. Mais Susori ne voulut pas l'accepter, et exigea impérieusement qu'on lui rendît le sien.

Le *mikoto*, l'âme remplie de trouble et de tristesse, s'en alla errer sur le bord de la mer. Il y rencontra

---

(1) Ancien nom du Japon (COMM.).

un vieillard nommé Siwo-tuti-no-o-di (1), qui lui demanda la cause de son chagrin. Le vieillard construisit une espèce de cage fermée de toutes parts, y fit entrer le dieu, et le plongea au milieu de la mer. Le *mikoto* arriva au palais du dieu de la mer.

COMMENTAIRE : Celui-ci étendit huit doubles nattes et le fit asseoir dessus, usage qui s'observe encore de nos jours dans la cérémonie du sin-zyau.

Après un séjour de trois ans chez le dieu de la mer et sa femme Oho-hime, Hiko-ho-ho-de-mi-no-mikoto épousa leur fille et revint avec l'hameçon perdu et les deux pierres précieuses du flux et du reflux.

COMMENTAIRE : Le dieu de la mer avait convoqué tous les poissons, grands et petits, pour leur demander des nouvelles de l'hameçon perdu. Il s'était aperçu que le poisson aka-me, dame rouge, avait mal à la bouche ; il l'examina, et il y retrouva l'hameçon. On nomme aujourd'hui ce poisson oki-tu-tai, qui est différent du poisson appelé ta-i.

Hiko-ho-ho-de-mi-no-mikoto, comblé d'honneurs et de prospérités, put enfin retourner au royaume du Milieu pour s'y reposer et mourir.

Hiko-nagi-sa-take-kaya-fuki-awa-sezu-no-mikoto était fils d'Ho-ho-de-mi-no-mikoto. Il allait partir, quand sa femme Toyo-tama lui dit : «Je suis enceinte; lorsque le vent soufflera avec violence et que la mer remontera avec force, je serai sur le rivage. Attends-

____

(1) Le vieux de la terre de sel.

moi là, et construis une maison d'accouchement. »

Elle s'y rendit en effet, et, s'étant étendue sur un matelas, elle recommanda à son mari de ne pas la regarder. Mais Ho-ho-de-mi-no-mikoto regarda à la dérobée : il aperçut un dragon qui enlaçait un enfant, et Toyo-tama qui se précipitait dans la mer, où elle disparut.

La maison, qu'on n'avait pas eu le temps de couvrir avec des tuiles, avait un toit de paille et de joncs appelés joncs des cormorans. Et, comme le *mikoto* y était né, on lui donna le nom d'U-kaya-fuki-awasezu-no-mikoto, l'honorable que n'a pas bien couvert le toit de paille et de joncs des cormorans.

U-kaya mourut dans le palais de Nisi-no-kuni, palais du royaume occidental. Il fut enterré à Ai-ra-no-misasaki, dans la province d'Hiuga.

IV.

On compte, en tout, cinq générations de *kami* terrestres. Le règne des *kami* célestes, depuis l'époque où ils descendirent pour gouverner la terre, dura plus d'un million neuf cent quatre-vingt-douze mille quatre cent soixante-dix ans.

Quant à l'époque du chaos, les histoires n'ont rien conservé en entier : on n'en saurait guère étudier les vestiges.

PARIS. — IMPRIMERIE DE MADAME VEUVE BOUCHARD-HUZARD.